시
대
선
물

시대선물

발행일   2021년 12월 20일

지은이   이현정
펴낸이   손형국
펴낸곳   (주)북랩
편집인   선일영   편집   정두철, 배진용, 김현아, 박준, 장하영
디자인   이현수, 한수희, 김윤주, 허지혜, 안유경   제작   박기성, 황동현, 구성우, 권태련
마케팅   김회란, 박진관
출판등록 2004. 12. 1(제2012-000051호)
주소   서울특별시 금천구 가산디지털 1로 168, 우림라이온스밸리 B동 B113~114호, C동 B101호
홈페이지 www.book.co.kr
전화번호 (02)2026-5777   팩스   (02)2026-5747

ISBN   979-11-6836-070-9 03810 (종이책)   979-11-6836-071-6 05810 (전자책)

(주)북랩 성공출판의 파트너

북랩 홈페이지와 패밀리 사이트에서 다양한 출판 솔루션을 만나 보세요!

홈페이지 book.co.kr   •   **블로그** blog.naver.com/essaybook   •   **출판문의** book@book.co.kr

작가 연락처 문의 ▶ ask.book.co.kr

작가 연락처는 개인정보이므로 북랩에서 알려드릴 수 없습니다.

시대선물

이현정 열다섯 번째 시집

북랩 book Lab

목차

•
•
•

제1회

제12회

제1회

．
．
．

철 갈이 바람

활짝 핀 꽃의 기쁨 같은
바람이 분다.

보람을 찾은 초가을 정취가
보탬이 되고자 하는 바람결이다.

자랑이 심한 꽃 빛깔들로 광장은 유쾌하고
사람이 붐비는 풍경 절로 흥겨워

가질 것 다 가진 마무리 작업 같은
철 갈이 바람이 분다.

여름 석가산

해안 주상절리가
도심공원에 똬리 튼 인공암벽 석가산은
강화읍 갑곳리 갑룡공원 노른자위다.

허리를 꺾어 지른 폭포 소리에
쟁반 형 분수들이 화음을 곁들여
바라만 보고 있어도 철부지 가슴에 무지개 뜨고

자외선 차단막이 자리 잡은 곳곳에
앙증맞은 쉼터 구실이 살아날 때면
잡념을 잠재운 삶과 꿈이 둘이 아니다.

시대선물

시간이 바른생활 선물이라면
시대는 시간여행 두루마리선물이다.

하늘 향한 불의 기운과 땅에 스미는 물의 성질이
생성과 소멸의 순환을 돕듯

흩어진 사람의 업적은 쌓여
짙어진 문화의 꽃을 피운다.

지구를 집으로 우주를 그리다가
마침내 푸른 하늘 흰 구름 되어 지이다.

설마!

착한 성정은 뒤로 밀리고
약은 수작이 제격인 터전에
비바람 피하고 뙤약볕도 피하고
참 멀리 흘러와 뒤돌아보니 설마가 태반이다.

설마가 가진 의외성이 좋아
설마에 웃음 짓고 한숨 짓던 사람들이
요행에 익숙해지는 것으로
설마가 있는 곳에 동행이 있다.

공감을 부추기던 사람 사이 대화가
마스크에 가려진 기간이 길어지면서

쓸쓸한 노후를 찜한 설마가
설마하니 사람을 두려워 않고 함께하랴.

공원의 아이들

얼음 풀린 계곡물 소리처럼
당찬 아이들이 공원 시설을 휘젓고 다닌다.

계절이 선사한 푸른 숨소리가
이들을 출렁이게 하는 것이다.

유모차를 사로잡는 눈길이 미래의 밑거름이라면
지팡이 세대의 움직임은 침묵을 웃도는 기원이다.

각종 놀이마당이 불편 없이 모여 있어
날렵한 개구쟁이들이 서로 기를 받는 틈에

차이 나는 세대 간에 거리감이 좁혀지는
공원의 한때가 낙원으로 통한다.

강화 살이

서울 살이 틈틈이 익힌 강화에서
날로 발전하는 역사의 품격을 느끼며
남은 날의 안정을 다진다.

해풍 맞은 계절은 순하고
제고장 가치를 드높이는 농산물은
가축분뇨 퇴비화 지원에 힘입은 바.

철저한 청정지역 혜택은
사람에 상한 마음마저 새살이 돋게 해
서툰 나를 익히는 효험을 베푼다.

나 하나의 고독이 비늘을 일으키는 길을 걷다가
나만의 창틀에 갇힌 밤하늘을 즐기며
나를 굳힌 자생력이 건강을 다진다.

소쩍새 소리

전에는 신록을 무성하게 하던 소쩍새 소리가
지금은 현지 봄꽃 소식을 동시에 전한다.

식목일을 앞당겨야 하리라던
지구온난화 대응이 실감 나는 대목이다.

한참 가까워진 계절의 풍미를
멀리하게 하는 작금의 현상을 짐작하는지

오늘따라 가까워진 소쩍새 울음소리가
기후변화 책임추궁의 여파를 몰고 온다.

소리 없는 비

바람 한 점 없는 평온 속으로
소리 없는 비가 온다.

자꾸만 비가 와서
젖어 살아가는 희망 같은 꿈을 꾼다.

생애 마지막 기차 여행 기획이
애써 오른 능선엔 난간이 없고

빛바랜 연륜은
끝 모를 계단을 헤아리는데

관절 없는 어부지리 마음 언저리
낭만을 달래는 비가 온다.

윤기 있는 신념

그 무엇과도 바꿀 수 없는
이 짧은 시간을 함부로 살리까.

부침을 거듭하던 요소들이
동력을 잃어가는 때를 당해

좋은 쪽만 보리다.
바르게 엮어지이다.

인연은 멀어져가고 의문은 옅어져가도
윤기 있는 신념에 여운은 쾌청입니다.

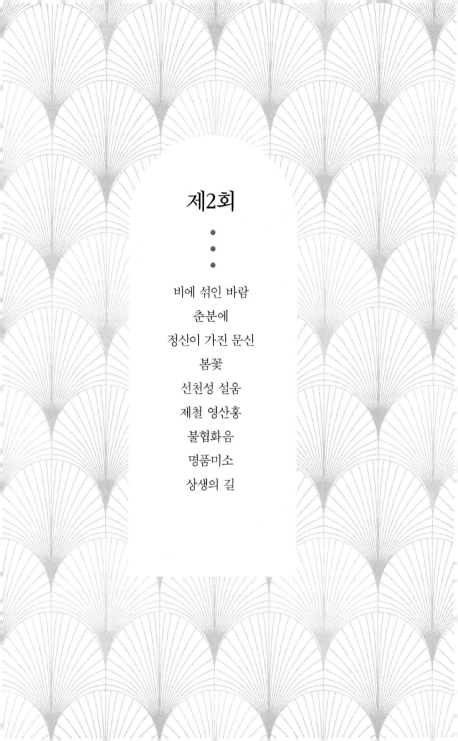

제2회

•
•
•

비에 섞인 바람

겨울 여행을 끝낸 바람이
비를 뿌린다.

바람에 일렁이는 나뭇가지 사이로
말만 들어도 기분 좋은 봄이 스민다.

환절기 더부살이 근심을 벗어나
앞뒤 창을 활짝 열고

비바람 소리를 있는 그대로
후련하게 맞이할 그날이 오고 있다.

춘분에

밤과 낮의 길이가 같아지는 춘분에
봄나물 생각이 액자 속에 갇힌다.

논두렁 밭두렁을 헤집던 시절은
돌아오지 않는 강물 되어 지고

먼 산 바라기 추억을 다스리는
기억이 돌담을 쌓는다.

색깔도 무늬도 제각각인 구실은
제비가 집을 짓는 고향을 향하는데

밤과 낮의 기울기가 달라지는 소모전에
체력은 연신 바닥을 친다.

정신이 가진 문신

없어도 쓰고 보자는 사람과
있어도 아끼는 사람이 있듯이
작품이 넘쳐도 쓰기 바쁜 습관이 문제다.

그만 쓰자, 편히 살자하면서도
떨치지 못하는 집념이야말로
정신이 가진 문신 꼴이다.

타고난 됨됨이가 그러하거늘
누구 눈치보고 염치를 알라는지
이도 저도 아닌 성심 홀로 고공행진을 일삼는다.

봄꽃

봄 꽃망울 터지는 소리 들으려
말 없는 것들이 숨죽여 있다.

나도 두 귀 쫑긋 세워
고생 끝에 낙이 있다는 봄의 소릴 듣는다.

들판 가득 자리 잡은 유채꽃이
사전에 없는 말을 바람에 실어 보내면

길가에 늘어선 벚꽃들의 합창이
사람의 발걸음을 가볍게 한다.

봄이 엮고 세월이 누리는 꽃길이
희망의 요소를 고루 갖추었음이다.

선천성 설움

사랑스러운 초승달이
자랑스레 보름달이 되도록
지켜보는 자유와 여유가 있는데
가눌 길 없는 어둠이 설움을 탄다.

제 발 저린 외로움이
두 손깍지 낀 아쉬움에 지쳐
이슬과 서리를 아랑곳하지 않고
어둠 속에 사무친 이것이 그것이다.

제철 영산홍

함께해서 돋보이지만 단아한 꽃
저절로 행복해지는 이름, 제철 영산홍이
제멋에 들뜬 시기다.

나무집을 즐기는 아이들마냥
돌 틈에서도 길섶에서도 흡족한 모둠 정신에
일기예보가 무색한 홍분이 엿보인다.

시샘을 모르는 본성은
상대와 견주려 들지 않고
양지와 음지를 아랑곳하지 않는 연유이리라.

불협화음

살아서 그리운 것이 되어
별나게 움츠러드는 시각

멀어져가는 하루의 나머지가
뭣하러 어둠 속에 나를 섞는다.

감성에 주린 이성이
서로를 흐리는 불협화음 속이다.

창의성에 불을 지피는
불쏘시개 위안이 움트나보다.

명품미소

돈에 돈 싹쓸이 사 몰염치에 당하고
사기성 배움 사와는 말도 섞기 싫어
글만 쓰면서 힘겨운 문턱을 넘어섰네.

또 어떤 꼼수를 만날까 걱정하지 않아
색다른 만남이 또 다른 시련일망정
작품은 미소를 머금은 작가의 명품일지라.

상생의 길

높이 오를수록 멀리 보인다.
천적을 살피는 본능이
상생의 신호를 알리기 위함이다.

뭍에서처럼 물에서도
덩치의 기생충을 먹어 치워
서로 편한 상생효과가 조명을 받는다.

물을 흐르게 하고 빛을 고르게 하며
서로 이롭고 날로 새롭게 마련인 길에
무심히 스치는 경우를 유심히 지켜볼 일이다.

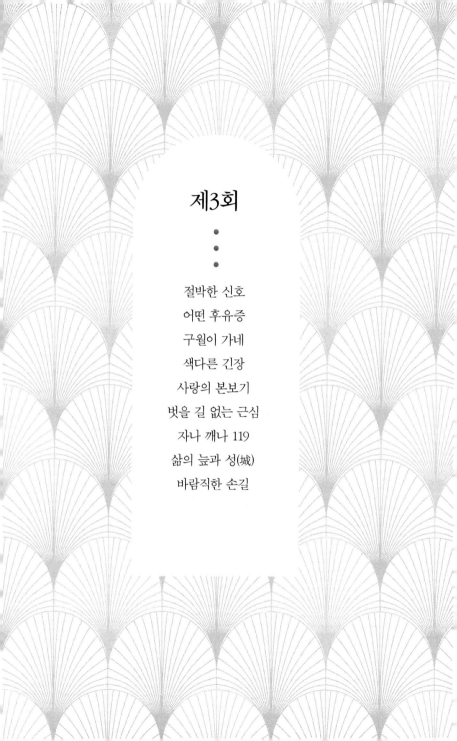

제3회

.
.
.

절박한 신호

절박한 매미 소리에 여름이 진동한다.

도심의 한낮을 장식하는 매미 소리나
산골의 밤을 달게 하는 반딧불이가 다
길고 무딘 기다림 끝에
짧은 생을 사는 절박한 신호임에랴

이슬 먹은 사랑꾼들의 적극성을 빌어
알곡은 알차고
생명은 벅차고
농심은 본분 지키기에 여념이 없다.

여름 한철 수고가 한 해를 살찌우는 줄
우리 어찌 모르리.
부디,
야생의 정연한 질서 먼저 지켜 지이다.

어떤 후유증

기쁨은 나누면 곱이 된다 했건만
변신의 우려가 후유증을 낳는다.

자랑거리일세라 공중 분해된 진심을
마주 본 시각이 하필이면 잠옷 바람이다.

혼자 묻고 혼자 끄덕이다가
고픈지 아픈지 모를 침묵에 들었어도

외톨이 정신에 치우친 외로움은
왜 사람을 헐벗게 하는지 몰라.

구월이 가네

파란 것들이 노랗고 빨갛게 변하는
계절의 사춘기가
사람의 사추기를 실하게 하네.

나고 자라고 사라지는 일에
헛된 걸음은 없다면서
내공에 힘쓰는 열매들 못지않게

변화의 바람 불어
풍성한 사람의 품성이
마음 단속 몸조심에 나선 구월이 가네.

색다른 긴장

세상을 걷는 이들의 색다른 긴장이
나의 조무래기 입지를 굳힌다.

몇 번을 거듭나도 당치 않을
체력의 격차가 나를 외면하고

더는 잃을 것이 없는 나로 돌아오니
비로소 자존심이 허리를 편다.

하나만으로 철저한 생명처럼
곤두선 자의식을 집게 삼아

밤이면 밤마다
세상 말미에 버려지는 모험을 감행한다.

사랑의 본보기

참사랑은 무심결에 아끼는 것이다.
차지하면 줄어들고 변하기 마련이니까.

사랑의 범위를 알까, 까닭을 알까마는
양지와 음지를 번갈아 산다.

색동옷 입은 사랑은 홀린다는 말을 실감케 하고
기록에 남은 사랑은 본보기를 보여

모자라는 삶의 여백에도 구름은 흐르고
마저 누리지 못한 해갈의 정이 전철을 밟는다.

벗을 길 없는 근심

비닐과 플라스틱의 최후를
어떡하면 좋으냐고
겨울 문턱에 찌푸린 하늘이
벗을 길 없는 근심을 물어온다.

자연이 곱씹고 죽어가는 사례별로
바다에 흩어져 먹잇감으로 내리나
기후 이상증세로 생태계가 위협받는
책임의 소재를 알리는 것이다.

얕은 편의주의가 빚은 결과가
자손에게 돌아갈 미래의 재앙임을
간신히 알아차린 근심몰이 하루해에
해법 찾기 씨앗이 흩어져 있다.

자나 깨나 119

주어진 품위 유지에 힘쓰며
열심히 살았는데 적막하다.

딸은 없고 아들은 멀고 나는 늙어
의지할 곳은 119뿐인가 하니

보이느니 그들의 발자취요
들리느니 그들의 활약상이다.

자나 깨나 기대어 사는 119정신이
가보급 노후 대책 선상에 떴다.

그들이 모르는 우리의 충정과
우리가 모르는 그들의 고충에 신의 은총을!

삶의 늪과 성(城)

백합 캐고 바지락 긁는 늪에 살다가
도심을 뜨겁게 스치는 가을 산에 올라
성과 늪을 동시에 기린다.

사철 이별이 먼 길을 아우르는 여정에
그 흔한 슬픔도 남겨진 미련도 없이
고독사고심이 유다른 내가 되었음이라.

무로 돌아가는 평안을
그르치는 일 없고자
깊어지는 일념에 순조로운 성찰이렸다.

바람직한 손길

변화를 감지하는 드넓은 마음들이
손쉬운 제초제를 두고
힘겹게 풀을 뽑는다.

손익계산에 연연하지 않고
후일을 기약하는 신념에는
선이 밑거름이라

억지 쓰지 않으니 놀랄 일도 없을 터
우직한 땅기운은 내실을 다지고
바람직한 손길들은 미래를 다진다.

제4회

•
•
•

순간을 영원처럼

소중한 모든 것을 가진 순간,
순간을 영원처럼 믿고 나를 맡긴다.

미루지 말고
책임을 다하라는 말이 모자라

마음은 머무름을 이어가고
몸은 빈틈없는 세월의 답을 찾아 헤맨다.

사치한 눈물

보고 또 봐도 자꾸 보고 싶은 마음은
아마도 하늘에 뿌리를 둔 성싶다.

그러려니 하건마는
자꾸만 눈물이 흘러

자책하다 마주친 자각인즉
나는 혼자가 아니라는 사실이다.

그 어떤 웅변보다 열띤 사랑이
내 안의 사치에 눈뜬 눈물인 고로.

언덕에 올라

듬직하니 언덕을 지켜 선
아름드리나무들 가운데

둥치기 상대로 선택을 받은
한때의 벗 나무가 있었다.

서로의 몸을 부딪칠 때마다
너 없음 무슨 재미? 했었지.

이젠 아득히 멀어졌어도
민둥산 마음 홀로 언덕에 올라

순정을 기리는 그리움이 그러하듯
가파른 기억은 허공 일색이다.

홀로되어 지이다

지겹게 살지 말고 정겹게 살자면서
딱하다고 말하는 건 도리가 아냐,

아랫목 향수가 남다른 우리 사이
더부살이 묘미를 음미할 차례에

짜증 섞인 목소리는
유년 시절 설익은 감동의 재탕이구려,

서로 달라 거덜 날 일 있을지라도
흐뭇하고 홀가분한 홀로되어 지이다.

지구인에게

조바심이 과속을 일삼아 맥이 풀린 지구가
집 지킴이 지구인에게 책임을 묻는다.

빈 봉지 빨대 하나의 헛손질에도
아픔이 있고 상처가 생긴다는 생태계

고락을 함께한 뉘우침과 깨우침이
방전을 일으키면 어이하리까.

해결의 실마리 찾아
긴장의 오솔길에 성심을 다하는 것으로

살아서 못다 한 지구 사랑을
자손만대에 전할 일만 남았다지요.

옹심이 마음

마을에 내려앉은 하루의 나머지가
흡사 우리네 만성 피로감 같다.

골목마다, 집집마다
창안에 도사린 침묵을 꿰뚫어 보면

발 빠른 위기감과 한발 늦은 방역 대책이
함께 삼킨 옹심이 마음들로 만원이다.

붙임성이 모자라 조심성만 키운
한 집 또 한 집, 불이 켜진다.

졸지에 마을 전체가 사람 냄새를 풍긴다.
밤을 반기는 신호에 곁들인 가족애 반가워라.

삶의 길잡이

뉴스에 귀 기울여 삶의 현주소를 알고
화면에 사로잡혀 시공을 초월한 영성에 눈을 뜬다.

바이러스에 위축된 허망을 잊고
막간을 장식하는 경쟁무대 채널에 빠져
축복의 의미를 가꾸는 젊은이들 뒤를 쫓는다.

외출을 삼가라는 당국의 당부마저
더불어 사는 그늘의 은혜인양 시공을 초월해 있다.

끼

기대치를 치고 들어가
분위기를 장악하는 순발력을 더해

찢고 밟기고 뭉개는 재치가
귀요미를 연상케 하는 나름의 끼!

문어발 흡착력을 갖춘 내공이 시동을 걸면
깜짝 반짝 힘을 쓰는 너! 멋져.

팔각지붕

한강 상류 언덕배기 팔각지붕 아래
유기농 슬픔의 주인공이 있다.

내 집에 노래방을 즐길 때만은
성악과 교수인 당신사람이 말 잘 듣는 나의 학생이었지.

고귀한 음색과 함께 나를 잊은 당신은 치매 판정을 받고
남편들도 차례로 세상을 하직한 뒤

별장으로 쓰이던 팔각정 집으로 당신은 가고
나 또한 그곳을 떠나 사무친 정에 사노라니

팔각지붕 아래 함께 누린 호사가 죽음을 초월한 경지이구려.
치매 없는 저승에서 우리 다시 만나 이승의 눈물 값을 찾아야
해요.

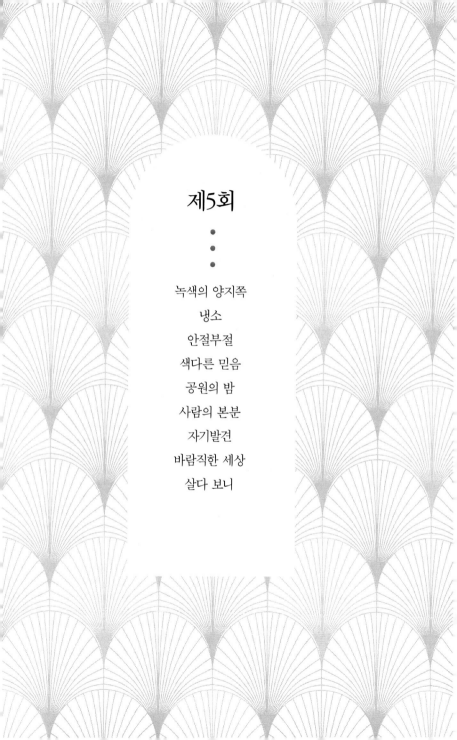

제5회

•
•
•

녹색의 양지쪽

섣부른 쾌감도
양지쪽에 깃들면 행운을 맞는다.

내면세계를 즐기는 녹색 작용이
살맛나는 순간 사랑을 실하게 함이라.

햇볕에 일렁이는 생명의 소리에도
수액이 흐르는 계절을 맛본다.

녹음으로 있어 빛나는 양지를 으뜸으로
누리는 혜택에 힘입어

냉소

미련을 두지 말자는 마음이
각질 같은 믿음을 굳힌다.

편히 잊고 싶어서
편하게 해주고 싶어서

안절부절

마음껏 사랑해도 좋을 나이가
가슴에 있지 않고 잔등에 걸렸다.

젊은이의 고민이 바람받이에 불거져
일자리 과제 산적에 안절부절이더니만

살고자 하던 사람 사라진 길목에
살아남은 아픔이 땜질 처방을 한다.

정책보다 정쟁이 앞선 정치판에
빚더미 사정이 너무 솔직해서

젊은 눈치 보고 넘길 늙은 염치없음이다
공작정치 놀음에 미래가 없음이다.

색다른 믿음

걱정할세라
보고 싶은 마음마저 숨겼는데

효심을 잠재우던 사람,
오던 길로 가버렸다.

빈자리 체취가 너무 짙어서
만남도 헤어짐도 한결같은 죽부인 되자는데

혼자 있어도 혼자이게 한 사연이 아름다워
외로움을 울창한 사랑의 기억이라 믿게 한다.

공원의 밤

아이들의 시간이 마감된 공원에
알 듯 말 듯한 그림자사람이 모여든다.

구태여 알 것 없는 사정들이
없는 듯이 있는 미덕을 실천하기에

때로는 아쉽고 때로 성가신 인연이
적막을 달래는 밤길 도우미들이다.

엇비슷한 안전을 보장하는 가로등이
동떨어진 마음들을 푸근하게 함이라.

사람의 본분

건전한 마음가짐이 가장자리를 넓혀
살아가는 기운을 북돋우는데
한결같아야 뿌리내린다.

기분 따라 필요에 따라 움직이지 않고
꾸준히 배려하는 주인의식이
텃밭을 지키는 본분임에랴.

새순 돋아나는 기다림에
구구절절 숙연한 참을성이
나이를 알리는 숨결 속 내용이다.

자기발견

나이는 끄떡없는 난간을 부여집고
지혜는 끊임없이 노 저어가는 어지럼증이
내가 아는 세상을 훌쩍 뛰어넘어
남다른 나를 가꾼다.

텔레비전 화면에서
속정을 숨아 내는 외톨이 된 이래
가시 박힌 소리를 삼키는 내가
너무 많은 나를 반듯하게 세우는 근거다.

사람의 관계가 없어도
사람의 사정에 몰입된 자신을
널리 방목한 때로부터
어둠에 갇힌 밤배 아니면 통배로 인식된다.

바람직한 세상

울면서 왔다가
웃으면서 가는 길을 찾노라니

사건 사고에는 인명 손실이 없고
국민이 준 권력은 국력 신장에만 쓰인다더라.

정경유착도 떼거리 야합도 자취를 감춘 연후에야
인권중심고용은 완성을 향한 신념으로 다듬어져

이념을 넘어선 역사 인식을 발판으로
분단의 상처 치유에 영일이 없다더라.

살다 보니

우리는 아는데 너네만 모르는 일이 왜 이리 많은 거야.
인사권 행사 잘못이 빚고 있는 사회적 부담을
무섭게 따져야 할 민주주의 체면이 말이 아니다.

늙고 힘없고 쓸모없는 사람의 생각이 이러할 진데
젊고 뜻있는 일꾼들 인식이 오죽했으면
안위를 가리지 않는 처신을 드러낼까.

정보통신 만능세상 귀 기울여 살다 보니
몰염치가 모조리
집권 세력 포장 안에 포진해 있다.

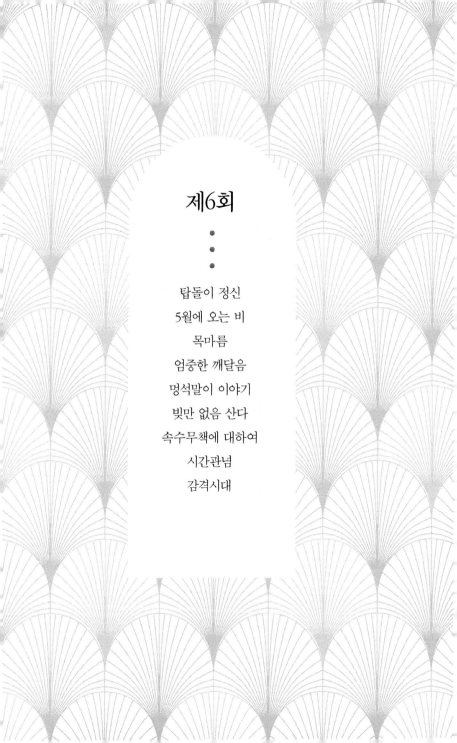

제6회

·
·
·

탑돌이 정신

어디에서 왔는지
어디로 가는지는 몰라도
살아 있는 가치와 살아가는 의미가
탑돌이 정성을 쌓고 있다.

가늠할 수 없는 시작과 끝을
한몸에 두른 정황에
진가와 영양가가
한결같은 정신 부러워라.

부러움이 살을 깎을지언정
어머니 치마폭에 깃든 잔영은
어린 시절 민낯을 보여
하염없는 탑돌이 정신을 되새긴다.

5월에 오는 비

산나물 향이 배인 바람결에
밤낮을 함께한 초록이 설레어
청사초롱 불 밝힌 밤비가 온다.

계절의 여왕님께
신명을 바친 5월이
거나한 자정을 함께하잔다.

인생의 5월을 어깨띠 두른
이 땅의 청소년들로 하여금
시절순리에 민첩한 세대의 도리를 다할지어다.

목마름

정돈되었다는 말이 합당한 나로 돌아가
렌즈 속에 잡힌 자화상을 살핀다.

눈에서 멀어지면 마음에서도 멀어진다 했거늘
멀어질수록 간절한 목마름이라니!

세상살이 멍 자국 같은 이별이
아직도 식지 않은 온기를 지녔음이다.

가까이 있다고 자주 본 것도 아닌데
거리감이 에누리 없는 상실감이다.

보고픈 마음은 하늘 한 자락 같아서
땅에 발붙인 뜬구름 잡기라 하였건마는.

엄중한 깨달음

아찔한 절벽 위에 세워진 수도원은
바라보는 것만으로도 수련이다.

성체를 빌은 영혼의 연마가
번뇌의 끝장 보기라 해도.

엄중함을 아랑곳 않고 태어난 이래
인연에 휘말리고 죽음에 시달리고

그러지 않는 생명이 언제 내 것이었던가.
깨달음의 신천지는 과연 있는 것일까.

멍석말이 이야기

속이 비어 속 차리기 바쁜데
잠 잘 자고 일어난 몸이 궁상이다.

안방기상조건이 빗나가는
늙은 몸과 젊은 마음 멍석말이 이야기인즉

말을 하자니 추태가 되고
말을 말자니 갈등 조짐이다.

네 덕 내덕 나누어 가질 기력이 모자라
못마땅해 할 여가에 한통속 화해가 이루어진다.

빚만 없음 산다

이자가 싸다고 은행 대출받아서
집 사고 주식 투자한다는 소식이
사회를 암울하게 만든다.

일자리는 없고 속이 타는 젊은이들이
요행을 바라는 그 길은
불행에 익숙한 옛길이다.

어렵지만 무리하지 않고
빚만 없음 산단 말이 밑천이라 했다.
참는 것이 버는 것이란 말이 미래를 지킨다.

속수무책에 대하여

거친 빗소리 심술궂은 바람소리도
성이 차면 물렀거늘
속속들이 치사한 속수무책에는
처방도 공방도 기본권에 못 미친다.

난무하는 임시방편에
쌈짓돈 같은 세금이 쓰여
대대손손 쌓이는 빚더미를
묵묵히 보고 듣기 힘들어라.

가는 곳마다 지천으로 꽃이 피고
시설이 있는 곳에 절경이 있어도
귀가 따갑고 눈이 매워
믿고 돕고 서로 위하며 살길 없어라.

시간관념

시계가 없어도 시간이 온전할까.
자다가도 몇 번씩 시간을 확인해야
안전해지는 공허감이 공간을 채운다.

밤낮을 가리지 않는 자유는
촉감도 눈부심도 없이
살아 있는 입지를 뽐내고

공간을 차지한 시간은
기발한 현상 없이도
생사를 두루 거친 관념 속에 있다.

해녀의 물질이나 농부의 삽질 말고는
삶을 통제할 길 없는 시간이
목숨을 움켜쥔 오만 속에 있어라.

감격시대

코로나 와중에 자기관리 일환으로
태초의 신비를 찾는 기행 팀을 섬기다가
아프리카 자연 자료화면에서
감격시대 행운을 고루 누린다.

중생대 공룡의 천국 흔적을 살피고
고생대 현란한 지층의 기적을 누비며
마다가스카르의 붉은 바다 간접체험에서
상식이 고공 행진을 하는 호사를 누린다.

만년설이 녹아내리는 알타이산맥
기원전 만여 년을 되짚는 오늘은
몽골반점을 갖고 태어나던 우리의 뿌리 생각에
초원을 달리는 말발굽 소리마저 그윽하다.

제7회

.
.
.

렌즈 속 세상

오죽했으면 아이들이 죽어갈까요.
말 못하는 아이들의 희생이나
꽃다운 청소년의 비극이
기성세대를 잠 못 들게 하고 있어요.

부모가 감당하지 못한 죗값이
빈부의 격차와 사랑의 편차를 늘려
사람이 잘못되면 짐승만 못하단 말이
작금의 벌거벗은 소식이게 합니다.

언제나 우리의 렌즈 속 세상이
암울한 처지를 먼저 밝히는 바탕이 되려나,
흐리면 흐린 대로 맑으면 맑은 대로
경이로운 아침이 힘을 쓰는 하루만 같아라.

어떤 진상

호수 같던 두 눈이 단춧구멍 되어 지니
반 눈 뜨고 보는 세상 흠결이 보이지 않는다.

개인은 등잔 밑을,
개성은 사람 사이를 소원하게 해

내 안에 허무는 진국이요
남의 평가는 찌꺼기다.

타인의 시선에 맡겨진 평점이
자신의 관점을 짜깁기하는 가림막 사정 안타까워.

지구 구하기

인류문명이 지구를 장식하는 줄 알았었는데
지구의 건강을 위협하는 원인이 되었다네,

잘난 척 하다가 코 다친단 말은 들었어도
열심히 살아서 뉘우치는 일을 당하다니,

경쟁사회가 가속 페달을 밟아
환경의 병색을 늦게 알아차린 연유에서다.

더는 지체할 겨를이 없다.
대국의 양심이 큰 걸음 내딛게 등을 밀 차례다.

황사현상 예방책으로 몽골 황무지에 나무를 심은
한국의 발자취를 황급히 따를 일이다.

가을 남자

"처남이 날보고 추남이라 했걸랑
포중말 사전을 보니 가을남자인기라"
그러던 가을 남자가 세상을 떠났단다.

소꿉장난 여자 친구를
전처라고 부르던 너스레는
반세기가 지나도록 시들줄 모르는데

만화도 장난감도 없던 시절
골동 가치를 지닌 농담도 끝인가 하니
지름길을 택한 노년의 선택이 유난히 아쉽다.

양심이란 약점

믿고 맡긴 믿음을 먹잇감으로 아는 무리는
사람의 양심을 약점이라 읽는다.

착한 것과 약한 것이 동의어처럼
가슴속을 흥건하게 하는 불쾌지수가

이러다 말지 않는 대응책을 찾는데
조막손이 되어버린 속셈이 원흉이다.

잇속에 눈이 먼 막무가내 손짓이
괘씸죄를 손질하는 과정일 뿐이니까.

세월의 더부살이

숨 고르기에 드니 한 시절 가고
다시 땅을 밟을 힘 없고서야
사람도 땅에 뿌리를 둔 줄 아오.

허한 곳을 채우기에 여념이 없는 .
땅 위의 온갖 것이
업히기 싫은 세월에 업혀서 가오.

하루살이 정신으로 무장한
더부살이 되고서야
목숨이 헤아리는 존엄을 한껏 즐기오.

색다른 음색

황야에 울려 퍼지는
유목민 특유의 발성법에
영혼이 나부끼는 마력이 있다.

전사의 조건을 고루 갖춘
이천 년 역사를 떠도는 길에
야생성이 예술성을 넘나들어

짐승 소리, 바람 소리 빗대어
고달픈 사람을 무장케 하는
색다른 음색이 초원을 달린다.

인류사 조명

시대가 탈바꿈하는 인류사를 통해
역사는 무엇으로 다져지고
분열은 어떻게 수습했는지의 과제는 끝났다.

인류가 살아온 만큼 살아간다면
태양의 수명도 다한다 하고
지구를 떠나 살 준비에 미래가 있다니

변화의 파고를 지략으로 넘던 시대는 가고
국력과 재력이 우주 시대를 열어갈 테면
기회주의자들의 세상이 인류사의 막장인가 보다.

시간의 흔적

북유럽 관광코스 말미에 노르웨이 입성이라 말하기에
내가 가 본 기억이 얼마나 살아나나 하고 눈에 불을 켰다.

어쩌면 듣도 보도 못한 명소는 그렇게도 많고 엄청난지
갈수록 나의 방문 내력이 초췌해지고 있었다.

독일 최북단 한적한 항구에서 밤배를 타고 내려
차를 타고 강을 끼고 한없이 달려 오슬로에 닿은 인상은
냉랭했다.

여름답지 않은 기온하며 웅크린 우리를 못마땅해 하는 사
람들하며
멋쩍은 관광기류 쇄신책으로 표르드 유람선 승선이 고작
이었으니까.

그런데 입을 다물 수 없다는 풍광해설가의 마지막 코멘트
인즉

표르드(협곡) 유람선을 탈수 있다면 오죽이나 좋을까 이
다.

참으로 알 수 없는 행운의 족적,
절대로 채울 수 없는 사람의 욕심.

제8회

.
.
.

별난 상대

누가 제일 보고 싶냐,
누굴 제일 좋아하냐,

얼토당토않은 질문이
당혹감을 자아낸다.

잘못된 이유까지 안고 가야 하겠기에

나는 나만 챙긴다고 답하고 말았다.

상대가 못됐다 하지 않고
웃어주니 그나마 안심이다.

고루한 상식은 너의,
주된 양식은 나의 것인지라.

예상 속 재앙

겉은 멀쩡해도 속병 든 이상기후 조짐들이
예상 속 재앙을 앞당긴다.

대형 사이클론이 삼킨 마을 전경은
지진을 능가하는 범주에 속한다.

잘살아보겠다던 우리의 의지와
자손의 안녕이 상충하는 현실이다.

지구촌 본보기를 되짚어
개개인의 입장 정립에 골몰한 때인가 한다.

이만갑 1호 부부

목숨 걸고 단신으로 탈북해온
이만갑 1호 부부 탄생을 지켜보며
생판 모르는 사람들조차 눈물을 흘린다.

분단이 빚은 한은 풀 길이 없고
체념을 하자니 살길이 없어
죽음을 무릅쓴 결단이 꽃피운 인연이건만

드러난 기쁨보다 도사리고 있는 아픔이 많아
축하하는 마음에 앞서
공감하는 마음들로 울음바다가 된 것이다.

이 세상 어디에 이런 억지가 또 있을까
땅을 갈라놓고 인연을 끊어놓고
대물림 명수가 되어도 자리보존이 되니 말이다.

빈 마음 보듬기

달은 제때 차오르고
기억은 무시로 되풀이되는데

너는 늙지 마라 우리가 대신 늙을게 해놓고
다들 어디로 가버린 거야.

나는 니들 말만 믿고
훈풍에 돛단 듯이 흘러왔는데

세월에 가려진 의문이
말문을 열지 않아 빈 마음 보듬기 너무 힘들다.

뜬금없는 인생

같은 하늘 아래 딴청을 하는 사람들이
가족을 늘려가는 지구촌에

재미보다는 걱정이 많고
희망보다 당면 과제가 많아도

선택의 여지없이 태어나
살아남으려고 들 안간힘을 쓴다.

척박한 땅에 각박한 나날을 이어가나
문화의 궁전 출신으로 호사를 누리나

똑같이 한 번뿐인 인생길이
막연하면서 초연한 척하는 불멸의 길이다.

통일 논의 구김살

남과 북이 한몸이었을 적이 언제였던가.
생각이 막힌 곳이 우리의 눈물샘이다.

통일 논의 구김살이 깊어지면서
두 갈래 고집이 트집이 되어

정치 꼭두각시가 차지한 고향을
국민과 인민이 똑같이 그리는 동안

잡음을 묶음 처리한 국방비 증액이
미래의 경쟁력 무덤을 늘린다.

한 많은 한반도의 어제가
꿈 많은 내일의 디딤돌일진데

통일을 낚는 그물망을 거두어
과감하게 걸림돌을 제거할 때가 왔다.

깨달음의 길

살아가는 것이 곧 죽어가는 것임을 나이가 안다.
싫어서 벗어나고 좋아서 어울릴 수 없는 것까지.

무겁다고 피하고 성가시다고 내려놓으면
책임이 아니라 방임이란 죄가 되고

제구실 못한다는 오점이 정점을 찍는 가운데
더하고 덜하고 나눌 수 없는 나이가 말썽이다.

생각이 모나지 않고 언행이 곧은 후에야
뼈대 있는 깨달음이 길을 얻는 동반자끼리.

무의미의 의미

나를 위한 소모품 아끼기가 남을 위한 일이기도 하고
남을 위한 쓰레기 줄이기가 나를 위한 일이 되었다.

자손에게 물려주는 환경의 오염을 줄여서 그렇고
지구 온난화에 밀리는 생태계 불안을 줄여줘서 그렇다.

세상에 폐 끼치는 나의 처신을 가벼이 하는 것으로
뒤늦게 알아차린 양심에 평안을 맞이하려니

그 무엇에도 보탬이 되지 못한 건조증에 햇빛 쏟아지고
무의미의 의미가 나를 힘들게 한다.

티끌 모아 태산이란 가르침이
미미한 힘을 크게 하는 미래지향성에 이바지할지라.

묵묵부답

인성의 도움 없이 신성이 살아날까마는
하늘 밑바닥을 쳐다보는 인간 스스로 묵묵부답이다.

착취당하면서도 어쩌지 못하는 무기력이나
불의를 방치한 무책임이 똑같이 묵묵부답인 지금

모두가 추구하는 선을 위해
묵묵부답 해체순위가 상생의 고심을 거듭한다.

도둑맞으나 사기당하나
묵묵부답 중심주의가 진을 친 상황 아래.

법조문을 우러러
전도된 존엄성의 종말을 본다.

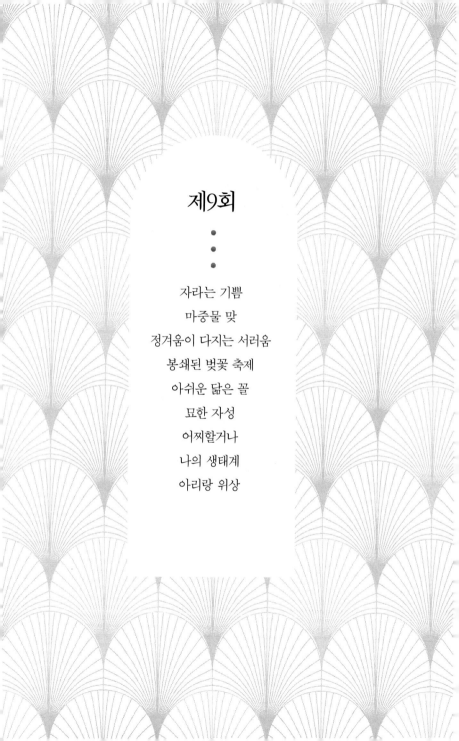

제9회

．
．
．

자라는 기쁨

분재된 수국 한 송이를 아침저녁 보살핀다.
선물받은 기쁨에 키우는 재미가 더해가면서
내 곁에 살아 숨 쉬는 상대로 자리 잡았다.

며칠 새 몸을 불린 꽃송이는
하늘색 입김으로 다가오고
나는 영양제 보급으로 보답코자 한다.

반나절 햇볕 쬐이고
남은 시간 마주 보면서
늦기 전에 명당을 골라 땅에 심을 작정이다.

놀라운 생명력으로 많은 생각을 하게 한
이심전심 맥을 이어 내 너를 보살피리라
언제나, 언제까지나 그럴 것처럼.

마중물 맞이

3차변이 의심 중인 코로나19방역대책이
3차 격상 논의 중에
백신개발 접종소식이 마중물 맞이 노릇을 한다.

2021년 새해맞이 환호가
재야의 종소리를 신호로 하던
해넘이, 해맞이 명소들을 모조리 봉쇄하고 나서

가족의 만남마저 자제하라니
아쉬움이 아니라 낙담이 파문을 일으킨다.
언제 그랬느냐? 는 그날은 정말 오려나?

반투명 차단막을 사이에 둔
환자와 보호자가 허공을 어루만진다.
기약 없는 기다림일진데 차라리 말을 말아야겠다.

정겨움이 다지는 서러움

무르익는 줄도 모르고 살아온 반세기가
이삿짐 꾸리는 과정에 녹아들면서

의미 있게 다가서는 나날에 밀리고
지난 세월 길들여진 자신에 이끌려

절로 다채로운 물밑 작업이
말없이 통하는 뜻을 따라잡는다.

정겨움이 다진 이별의 서러움이
밀리고 쏠리는 길 떠나기 어려워라.

봉쇄된 벚꽃 축제

온라인으로 벚꽃을 감상하라는 방송사 선심에
벚꽃 축제 시기를 2년째 봉쇄당한 시민들이
그나마 거기서 위안을 얻는다.

어저께 내린 비에 떨어진 꽃잎이
시선을 사로잡는 가운데
빈 나뭇가지의 꽃이 진 흔적이 사뭇 붉다

또 한 해가 줄어들었다는 노인의 가슴속에
북받치는 설움을 읽은 것인가
순간을 스친 봄꽃축제 여파가 흥분 일색이다.

아쉬운 닮은 꼴

'재능을 아껴서 썩힐 일 있어?'

그 어머니 소신이 저의 처신이 된 인생 말미에
왠지 모를 보름달이 떠요.

유달리 엄니를 닮았다는 말이
미처 따르지 못한 걸음걸음
지나온 발걸음에 시상이 풍년이니 말입니다.

외면하는 눈길 마다하는 손길 괘념치 않고
못난이 구실에 길들여지면서
되찾은 웃음 결에 떠오른 보름달이어요.

묘한 자성

생각은 자유롭고
운행은 속박을 받는데
한 묶음으로 움직이는 조합이 묘하다.

칭얼대는 아기보다 더 힘들게
나이를 먹은 몸 달래기가
형이상학 산물임을 짐작케 한다.

불균형을 바로잡고 다스리기 바빠
뒤뚱거리는 보편성이
관계를 원만하게 하는 말년을 맞아

보고 듣고 느끼느니 행운이요
입고 먹고 즐기느니 요행이라
심신의 불편이 곧 절실한 삶의 방편이다.

어찌할거나

실종된 도의교육에
학교폭력이 난무하고

치열한 경쟁사태 속에
아이들이 시들어간다.

공적인 인사들의 비겁은 진화하여
무수한 공적을 장식하는데

진실이 희석되고 정의가 호도될세라
젊은 피가 용솟음치니 이를 어찌할거나

자화자찬에 도가 튼 주변머리들이
화면을 장악할 테면

순진한 무리의 말문을 막은
노인성 난시도 눈을 감으니 이를 어쩔거나

나의 생태계

적막이 움막을 짓고
밀도가 황금 알을 품었다.

발 달린 것에서 비늘 달린 것까지
그 안에 도사린 내공이 분열하자

생명을 자랑하는 첫 음절이
유난한 때를 기다리는데

기다림은 때를 가리지 않아도
변수는 이루지 못할 바 없어라.

아리랑 위상

홍도 많고 정도 많고 말도 많은 인간사가
아리랑 감성에 그을린 나머지

지역 색깔을 덧입은 매력은
다양성을 담보로 세상을 주름잡는다.

서민의 애환을 보듬던 아리랑에
진화의 골이 깊어

민족혼에 앞장선 통일에의 갈증이
남북의 철책 선을 허물 일만 남았다.

제10회

.
.
.

새봄이 왔다

땅을 헤집고, 불편을 비집고,
움트는 봄이
움츠린 마음들을 열어준다.

바람도 연둣빛 색깔 옷을 입고
유행을 타는 봄이
사람의 차지가 됨 직해서다.

분단 조국의 문턱을 넘나드는
이 땅의 피붙이 정신에도
슬기롭고 은혜로운 새봄이 오기를.

사람의 사연

그리움을 골고루 갖춘 사람은
혼자 있어도 화사하다.
갖가지 사랑에 물들어 있으니까.

외로움을 골고루 갖춘 사람도
더는 밀려날 여지가 없음으로
체념을 가꾸어 원만하다.

속이 허한 사람의 사연은 달라
심성을 좀먹고 삶을 축내는 아쉬움이
잡동사니 잡념의 거품 노릇을 한다.

허물벗기

억울할 때 말을 하면
티격태격 그렇고 그렇게 되지만
말을 않고 속 끓이는 사람은 안다.
은연중에 극명해진 차이를.

때는 흐르고 안개 걷히고
상대를 파악한 본심은 굳건한데
상대를 이해하는 마음 언저리에
옛정 홀로 야위어 간다.

수많은 순간의 허물벗기는
언제 끝나고 언제쯤 초연해질까 하니
잘 살아보자고 호기를 부리는 거기
안성맞춤인 인성이 있다.

샘물마음

밤새 단잠 자고 일어났음에도
수시로 찾아드는 낮잠이 잦다.

하늘을 품고 땅 심을 받은 샘물에
안녕이 그러하듯

허전한 안식이
영원한 준비 중인가 하매

일그러진 마음도 빛바랜 휴식도
살아있는 신호라 여긴 목마름을 적신다.

사람 된 보람

자연은 알수록 너그럽고
사랑은 할수록 여유가 생겨
사람 된 보람이 제일이건만

서로 돕고 날로 곧게 되는
도우미 정신이 심상치 않다.

살아가는 의미를 읽고
자기발견에 가치를 행하는 끝 무렵 증상이
공익성에 골몰한 단계에 이르렀음이다.

초여름 열정

성년을 맞이하는 한해살이 눈빛이
다름 아닌 초여름 햇빛이다.

사랑의 대상을 따로 두지 않아
갈수록 늘어나는 활동량에 대비

생명을 가진 온갖 것이
사계절 근본을 굳히기 바쁘다.

자신감에 닿아 있는 더위마저
생기를 얻는 초여름 열정처럼 선명할까.

공감대

기쁨을 담고 실눈 뜨는 웃음 결에
공감대가 영롱한 하늘 밑이다.

절차 없이도 재치는 가치를 지니고
칭송은 맨손의 역할마저 살아있게 해

어두울수록 밝은 별 같은 관심사가
분야별 인기를 이어간다.

국민적인 호응이 다름 아닌 안방침묵이라 해도
시대적인 중심인물들이 바로 그들이다.

가을비

더위를 잊고
비 내리는 들녘에 서 있으면
벼 이삭의 조바심을 달래는 알갱이 빗소리를 듣게 된다.

뒤돌아보면 성벽 같은 아파트가 팔 벌려 있건만
인연이 닿지 않는 너무 많은 사람 속
외로움을 달래러 무작정 걷는다.

우비 속에 도사린 나의 고집이
벼를 바로세우는 고갱이 같아서
못 잊을 가을비 빗발 속에 그리움을 헤처 나간다.

숨은 발상

혼자만의 의미를 골라잡기 어렵던 시절 가고
혼자여서 형통한 나름의 주인이 된 이래

무심결에 썩었을 먹거리를 골랐어도
때를 놓치지 않은 기초생활 능력자가 된다.

누구를 향해, 무엇을 위해
나로 말미암은 근본을 흐릴 일이더냐.

보잘것없는 곳부터 책임지는 자세로
폭넓은 의미의 겸손을 으뜸 자리에 앉힌다.

제11회

·
·
·

시월 끝 무렵

주변을 맴돌아도 한심한 자신을 겉돌지 않고
내용에 충실한 자연과 마주치는 시월 끝 무렵이다.

이렇게 좋은 날 갈 곳이 없다는 느낌마저
한 편의 시가 되는 본보기를 보여

자연을 자유롭게 됨됨이를 너그럽게
씨앗 보듬기를 함께하는 시점이다.

시월은 자기 본연에만 충실하지 않고
완성해 가는 단계별 가르침을 받쳐준다.

더부살이 고독

눈을 뜨면 보이느니 살붙이 고독이요,
눈 감으면 마음이 타고난 보금자리다.

내 집에 없는 것은 사람뿐인데
없으면 없는 대로 가벼이 살 일이다.

분위기에 걸맞은 노래만 있음
홀으로 겹사랑을 하는 경지에 걸맞게

부채질하는 더부살이 고독이
소슬 바람결에도 춤사위를 펼친다.

뒤늦은 시

뒤처진 시는 있어도 뒤늦은 시는 없어요.
마냥 푸짐한 상차림이라 여기시구려.

짧은 글 한 줄에 한평생이 담기는가 하면
그저 그런 이야기에도 운율이 살아나요.

간결해서 음미하게 마련인 시가
황혼녘이 설레는 의미와 함께랍니다.

몸이 말을 듣지 않는 늘그막 마음을
위로하는 마지막 수단에 낮달이 떠요.

고운 성장통

착잡한 속사정을 이름하여
성장통을 앓는 세대에 양해를 구한다.

하늘을 떠돌던 기운이
땅 위의 생명을 감지하고

사명감에 사로잡혀
경험을 살리는 와중에

속아도 웃고 속이고도 웃는
세대차이 선의가

온실효과를 행사하는 비결에
더불어 살아가는 희망의 숨결이 있다.

최다기록 기세

방역지침 되풀이 일상이 해를 넘겼음에도
코로나19 확진자 최다기록 갱신 소식이
지구촌 이웃을 혼란에 빠트린다.

제3확산 기세를 의심케 한다는 둥
감염 고리 추적이 어려운데 두려움이 있다 하건만
소수독선 행렬이 다수를 아랑곳하지 않는가 보다.

늑장 대응이나 분열증상 집단이 주적이긴 해도
정치 경제 사회의 경계를 넘나드는 우리가 바로
미래를 책임진 일꾼들이다.

너털웃음 웃는 도사

오늘도 자칭도사 친구가
너털웃음을 날리며 말했다.

외출이 잦다 보니 거짓말이 바닥나서
깜짝 문자 수신자 시늉을 했단다.

이제는 빈말도 구질구질해서
세련되게 노는 거야 뭐,

자기 편하고 나 편하고 얼마나 좋아,
까탈도사가 진짜도사를 만나 태평세월을 사는 거라고.

도매금으로 넘어간 친구들이 그 말을 맞받아쳤다,
'누가 아니래'

관점

그리움의 실상은 괄호 밖에 있고
그것의 허상이 내 안에 있다.

눈앞에 스치는 모습이 아니라
기억이 가다듬은 집착 때문이다.

실상에는 안팎이 있고
허상은 그 자체가 내용인지라.

쓰레기 줄이기

일조량 부족이 빚은 광합성 이상증세나
사회교류 차단이 빚은 인간성 고갈이 다
환경구성 책임을 우리에게 둔다.

조무래기 스트레스 타령이
만물의 영장이라던 존엄성을 무색케 해

의심이 늘어가는 징후들을 모아
쓰레기 줄이기를 자식 걱정 하듯 하란다.
너와 내가 따로 없는 개선의 출발점이란다.

구차한 세련미

낯 두꺼운 인물이 낯 뜨거운 줄을 모르고
자기합리화에 구차한 재능을 쏟아 부어
변신을 꾀한 결과 시가지가 시끄럽다.

비섭한 묵비권이 법정을 벗어나면서
기록에 실려진 세련미가
가히 진실을 울릴 지경이라니

혹여 젊은 혈기를 해칠까 두려워
몸을 낮춘 사람들을 비집고
어버이 세대가 긴장의 끈을 동여매고 있다.

제12회

·
·
·

마음의 무게

공손하게 나이를 먹는 몸과 달리
사방팔방을 휘젓고 싶은
마음의 무게가 간단치 않다.

타인의 관심사를 쌀의 뉘 고르듯
엄중히 살피느라고
바깥 사정을 겉돌면서 불어난 것이다.

진정을 바쳤어도
젊음을 노 젓는 낭만을 당할 길 없어
몸은 아니라지만 허영은 허세를 기꺼워한다.

옛날 사람

나는 음식을 버리면 벌 받는다고 믿는
아주 흔한 옛날 사람이다.

그래서 남은 음식을 챙기고 챙기다가
눈살을 찌푸리게 만들어도 나만 옳고

물을 아끼다가 물보다 싼 것이 없다는
핀잔을 들어도 나 홀로 옳다.

서성이는 젊은이들이 옛날을 노래하는
구성진 감성 속에 본성이 살아나는 이즈음

버려진 변명들이 듬직한 구실을 하게 하는
아주 드문 옛날 사람이다.

기후 위기

지진이 무섭다고 해도 한정된 범위에 속하더니만
기상이변 징후는 속절없이 무자비하다.

아무런 잘못도 비중도 없이 사는 자손더러
대비 없는 대책을 덧씌우다니,

마른 땅에 물난리 나고 더운 곳에 한파 몰아치는
원인제공 시작 시점에 근시안 징후들 말이다.

서로 아끼고 사랑하라는 사람들 잠꼬대 뒤에
따로 따지고 저네만 옳은 정치 공방이 빚어지듯이.

시간요법

앉지도 말고 눕지도 말고 걷기에 힘쓰라는데
나들이 시간요법은 마스크를 신봉하고
거리두기 지침은 기회를 망설이게 한다.

저물녘 허무를 달랠 참인데
자연의 시간 숲은 기억 속에 울울하고
사람의 순간 숲은 구들장 나이를 짊어진다.

길게 살아남을 까닭이
이해가 되지 않는다는 하늘 표정에
명운을 걸었어도 흐름은 끝 간 데를 몰라

오해가 해치는 이해

잘하면 더 잘하길 바라고
주면 더 안 주나 하다가
오해가 이해를 해치는 연줄 끊어지더니

낙동강 오리 알 처지를 골라
얕보고 넘보는 세상 억울해도
말 못하는 체면이 홀로서기 구실을 한다.

차마 네발로 걷지 못하는
코뚜레 자존심일망정
멍에는 생명줄에 다름 아닌고로

벼랑 끝 익살

우정에 빗댄 여정이
벼랑길에 접어들면서
물오른 익살꾼 입담이 갈수록 가관이다.

움쩍하면 밥값 좀 하라는 말에
나는 빵 먹어, 하던 친구가
급기야 똥 만드는 기계 운운한다.

밥값을 대신한 나잇값 공방이
어눌한 말씨에 따옴표 구실을 하자
노을빛 여흥이 무색한 웃음 꽃피우고

언제 또 만나랴? 하는 대목에 무서리 내리면서
불편을 곱씹는 불균형을 이유로
지금은 할 말이 아니라네.

입에 발린 건강 말고
몸에 박힌 마음 편케
살다가 자다가 다시 만날 꿈이나 꾸잔다.

독한 바보

치매 끼가 지독한 친구 앞에
낭패감을 떨치려다 울고
무표정이 미워서 또 울었다.

차라리 눈길이나 주지 말지
고개를 저어
사뭇 상대를 부정하는 눈치다.

착한 바보이더니
독한 바보 소릴 듣고 싶은 거야?
서러운 세상 나머지를 나더러 어떡하라고.

장애란

무리하지 않고 좌절하지도 않고
한결같은 사람에게는
어떤 장애라 할지라도
쉬어가고 돌아가라는 신호에 불과하다.

욕심이 심지를 꺾는 까닭에
분수를 지키지 못한 발걸음이나마
헛되지 않도록 하는 경고로서
앞날을 다지는 안전장치일 수 있다.

확신의 정체

거의 확신에 가까운 지름길 혁신이
나를 밝히는 정체인가 한다.

혼돈 속에 나를 자유롭게 하는 행복,
관계 속에 엮이지 않은 모처럼의 행보,

살아서 헐리고 뜯긴 후유증을 대신해
있는 이대로, 자연 그대로

온전한 나름의 질서로 말미암은
다음 생을 거절할 기틀마련에 힘쓴다.